LA VÉRITÉ

SUR LA

CITÉ OUVRIÈRE DE TOULOUSE

AU QUARTIER DE LA MARQUETTE.

A ses Souscripteurs passés, présents et futurs.

> Tout souscripteur qui laisse trois cotisations men-
> suelles sans les payer, est déchu du bénéfice de sa sous-
> cription ; son exclusion est prononcée d'office à la plus
> prochaine assemblée des souscripteurs ; et une fois cette
> exclusion prononcée par une délibération de l'assemblée
> générale, le souscripteur ne peut plus être réintégré dans
> sa souscription. Toutes les sommes par lui versées jus-
> qu'à l'exclusion sont perdues pour lui... Si, au moment
> de l'exclusion, le souscripteur est en possession de la
> maison et du jardin, il est expulsé immédiatement sur
> une *simple ordonnance de référé rendue par M. le
> président du Tribunal civil de Toulouse*... (Art. 5 des
> Statuts de l'Association des Souscripteurs).

Eh quoi ! partout et toujours une partie de l'humanité aura-t-elle le sort du malheureux Sisyphe
condamné à rouler sans cesse l'éternel rocher? ou
bien, semblable à Prométhée, sera-t-elle perpétuel-
lement la proie du vautour insatiable ? Faudra-t-il

donc toujours avoir devant ses yeux l'affligeant tableau de l'exploitation de l'homme par l'homme? Hélas! mille fois hélas! il en est ainsi. Nous ne voulons d'autre témoignage de cette vérité, de cette maxime digne d'un Malthus, que la CITÉ OUVRIÈRE que quelques spéculateurs de notre ville cherchent à fonder parmi nous. Ils nous la font apparaître, il est vrai, comme le *nec plus ultrà* philanthropique, comme la réalisation du rêve que poursuit, choie et caresse tout prolétaire. Car, quel est celui qui, ne possédant rien, ne désire avoir au soleil un coin de terre, une habitation telle que la promettent fastueusement ces nouveaux phalanstériens, et où il puisse abriter lui, sa femme et ses enfants?...... Voilà certes de quoi réjouir le cœur du pauvre hère le plus déshérité et le plus humoriste : aussi avons-nous applaudi tout d'abord à cette initiative, et nous sommes-nous dit : peut-être bien sera-t-on parvenu cette fois à donner un corps sensible à ce bel et pur idéal que nous avions conçu nous-même! Mais, hélas! nous n'avons pas tardé à être désillusionné. Il faut, encore ici, ô défaut de la prudence humaine! que tous les efforts tentés dans ce but louable rencontrent des obstacles insurmontables par la force majeure des choses.

L'idée donc d'une cité ouvrière, nous le reconnaissons sans peine, étant bonne et excellente par elle-même, ses promoteurs, disons-le quoiqu'à regret, n'ont point été heureux dans le choix de l'emplacement sur lequel ils prétendent l'établir. Ils se sont complètement fourvoyés : ils ont choisi précisément le côté de la ville, de notoriété puhlique, le plus malsain et le plus endémique. De tous les temps, aux différentes époques d'épidémie, — les annales en font foi — ç'a été le quartier le plus frappé, le plus cruellement éprouvé. Vouloir donc, ne leur en déplaise, concentrer sur ce point une masse de population, c'est aggraver le danger plutôt que de le conjurer.

C'est faire acte d'humanité bien entendue, c'est accomplir un véritable devoir que de dire la vérité, la vérité tout entière, sur une entreprise qui, dans les conditions onéreuses et défavorables qu'elle présente, nous paraît irréalisable. On ne saurait d'ailleurs y voir rien autre qu'une grande combinaison financière, et nullement une œuvre humanitaire, comme voudraient le faire accroire leurs artificieux auteurs. Pour s'en convaincre, il suffit de savoir que la configuration du sol de la Marquette, qui est l'objet et la base de leur spéculation, embrasse deux parties sé-

parées par un petit chemin divisoire — la partie
haute et la partie basse. Or, les terrains de la partie haute, dominant le bas-fonds sur lequel on aspire
à bâtir la Cité ouvrière, sont présentement d'une na-
ture cultivable et arable, et, comme tels, d'une va-
leur relative à cet état. Mais le jour où l'on verrait
s'élever côte à côte et comme par enchantement une
multitude de constructions, il en serait bien autre-
ment ; et ces mêmes terrains, comme nous venons
de le dire, d'une vénalité très appréciable, acquer-
raient alors une plus-value au-dessus de toute ima-
gination qui profiterait aux seuls spéculateurs. C'est
là, du reste, le but que poursuivent avec acharne-
ment les inventeurs de notre Cité ouvrière. Mon
Dieu, jusque-là rien de mieux ! Ce n'est pas nous,
certes, qu'on pourra accuser de vouloir empêcher,
même les Crésus modernes, de *juifférer* tout à leur
aise pour accroître, pour grossir leurs trésors : faut-
il encore que la fin justifie les moyens ! Mais que
l'on veuille battre monnaie aux dépens de la santé
publique, c'est ce que nous improuverons toujours
hautement. Ainsi, tout entiers à leurs calculs bru-
taux, uniquement absorbés par la pensée étroite et
mesquine du lucre, ces novateurs *à posteriori* ne se
sont point inquiétés le moins du monde si les loge-

ments de leur cité ouvrière seraient salubres ou non :
ç'a été le moindre de leurs soucis. C'est ce dont cependant ils auraient dû le plus se préoccuper, au lieu
de ne se proposer qu'une opération essentiellement
mercantile. Ce manque coupable de sollicitude de leur
part pour le bien-être tant prôné par eux pour la
classe à laquelle ils s'adressent, a éveillé notre atten-
tion ; il nous a même suggéré l'idée de signaler, dans
un intérêt commun, les inconvénients inhérents à la
localité sur laquelle on voudrait asseoir la Cité ouvrière.

On le sait déjà, c'est à la Marquette, à une dis-
tance considérable du centre de la ville (3 kilomètres
environ), et néanmoins dans les limites de l'octroi et
dans un espace compris entre le canal du Midi et le
canal latéral, au-dessous du niveau de leurs eaux,
qu'on a résolu de l'élever. On y aperçoit même encore çà et là des flaques d'eau d'une assez grande
étendue, exutoires naturels de ces marais qui témoi-
gnent surabondamment de l'humidité constante de
ces parages. C'est non loin de l'une de ces mares,
bonnes tout au plus à attirer la gent aquatique, que
nous avons pu remarquer debout et isolée une mai-
sonnette *spécimen*, type de celles d'une uniformité
désespérante dont se composerait la Cité ouvrière.

Ce n'est ni sa forme ni son mode de construction qui doit nous occuper en ce moment : c'est seulement le milieu dans lequel elle se trouve que nous déplorons avec juste raison. Il n'y a que l'aveugle cupidité, présidant à la conception d'une cité ouvrière dans ces nouveaux marais-pontins, qui a pu seule empêcher ses fondateurs de ne point voir l'absence totale des conditions hygiéniques indispensables à toute agglomération de familles. Peut-être même se sont-ils dit, dans leur égarement et dans leurs espérances *harpagoniques :* Après tout, les ouvriers s'en accommoderont ! — Eh bien ! détrompez-vous, imprévoyants, pour ne pas dire cruels que vous êtes ! Apprenez que ces ouvriers, ce qui ne devrait jamais sortir de votre mémoire, sont de chair et d'os comme vous, et que sous ce rapport ils méritent qu'on use à leur égard des mêmes précautions préservatrices dont s'entoure le plus petit bourgeois.

Toutefois, nous défiant de nous-même et de notre propre expérience, nous avons voulu, pour en parler plus savamment, consulter des ingénieurs et des médecins impartiaux. Tous, unanimement, ont reconnu, après s'être rendu compte de la topographie des lieux, que l'endroit était mal choisi pour l'établissement d'une CITÉ OUVRIÈRE ; qu'il offrait même de sérieux dangers pour la santé de ceux qui voudraient l'habiter ; et qui plus est, qu'il n'y avait pas possibilité de remédier à de tels inconvénients, en raison de la proximité des canaux — seule et inévitable cause de ce danger permanent.

Sans doute le voisinage des eaux a son bon ; mais lorsque ces eaux, comme c'est ici le cas, loin d'être courantes et rapides, sont presque stagnantes et vaseuses, quoi d'étonnant qu'elles n'engendrent à toute saison que vapeurs nauséabondes, brouillards épais, atmosphères rhumatismales et fiévreuses! L'eau que l'on pourrait demander à des puits mitoyens ou communs creusés dans de tels parages et naturellement alimentés par l'infiltration des canaux en question, ne serait guère potable ; trop heureux quand elle n'occasionnerait pas des maladies à ceux qui seraient forcés d'en boire !... Insalubrité donc de l'eau, insalubrité de l'air, tout conspire sur ces bords humides à en rendre le séjour inhabitable, nous osons même dire funeste.

Après ce court examen, vous laisserez-vous prendre aux soi-disant avantages qu'il y aurait pour vous, Ouvriers, à devenir propriétaires au bout et au-delà d'un long cycle solaire, moyennant une cotisation mensuelle, de ce pouce de terrain, de cette habitation que l'on offre maintenant avec tant de libéralité apparente, mais que l'on vous disputera peut-être un jour, si même vous n'êtes pas contraint à l'abandonner ou plus tôt ou plus tard ? La tactique, pour le moment, de ces *collectivistes*, ou mieux, qu'on nous passe le mot, *de ces fripiers d'immeubles*, consiste à vous persuader que cette rente, cette redevance mensuelle, ne dépasse pas le prix que vous mettez à vos loyers respectifs. Erreur ! grave et profonde erreur ! ainsi que nous le ferons voir dans un aperçu subséquent.

Mais malheur à vous s'il vous arrive jamais de ne point payer votre terme ou votre cotisation : c'est alors que vous serez véritablement à plaindre ! Il n'y aura plus de ménagement à espérer pour vous ; on ne vous laissera ni trève ni repos que vous ne vous soyez exécuté, ou que vous n'ayez déserté de gré ou de force ce domicile que vous croyiez avoir acquis au prix de tant de sacrifices et dont la possession devait être sans trouble. Maintenant vous nous demanderez pourquoi et comment cette débâcle : nous vous répondrons : *Sic voluère patres,* ainsi la voulu la loi que vous vous êtes laissé faire (article 5 des statuts), et devant laquelle il faut vous incliner. Quel ne sera pas votre désenchantement, de quelle vicissitude ne serez-vous pas le triste exemple ! Vous conviendrez alors, mais trop tard, que ce nouvel et second état de propriétaire, — précaire, Dieu merci ! — sera devenu pire que le premier état de locataire dans lequel vous étiez tantôt. Vainement vous aurez épuisé vos épargnes, vos économies, vous aurez donné votre dernière obole pour avoir droit à cette place au soleil, l'objet de vos ardents désirs, l'unique pierre que vous pensiez avoir trouvée pour y reposer paisiblement votre tête vous aura été impitoyablement enlevée. C'en sera fait : vous serez réduit à quitter ces lieux, cette nouvelle patrie de prétendue adoption, cette nouvelle Terre-Promise ; et pour comble, hélas ! vous emporterez peut-être dans votre organisme le germe de quelque maladie incurable. Cependant tous vos versements successifs auront profité à n'importe qui, hormis à vous ; et vos valeurs industrielles auront passé dans d'autres mains. Mieux vaut encore la Caisse d'Epargnes ! Bref, dans ce rucher humain que vous aurez contribué à élever, le miel aura été pour les industriels, et le pénible labeur et les angoisses pour vous seuls.

———

Tel est l'avenir à peu près certain que nous osons pronostiquer à quiconque, ébloui par la fantasmagorie de cette Cité ouvrière flottante, entourée d'eau de tous côtés, ou peu s'en faut, se hasarderait à y transporter ses pénates, sans songer, hélas ! aux amères déceptions qui l'y attendent... C'est pour prémunir contre de telles éventualités que nous poursuivrons avec opiniâtreté la tâche que nous nous sommes imposée volontairement.

En attendant, nous dirons à tous ceux qui auraient la velléité de tenter une pareille migration : vous êtes tranquilles, restez-en ; n'allez pas vous procurer des cassements de tête, et faire l'affaire d'industriels ou de novateurs qui n'ont d'autre but, en élevant la Cité ouvrière, que d'élever le prix de leur terrain. Si nous avons un conseil à vous donner, renoncez d'ores et déjà à ce droit de cité, ou plutôt d'hospitalité, que l'on veut vous vendre beaucoup trop cher. Songez aussi que la moyenne de la vie de l'homme dépasse à peine le temps qu'il faudrait pour achever de payer le prix de votre immeuble, et que c'est tout au plus si l'on peut se promettre de se voir entièrement libéré avant la fin de sa carrière. Or, une jouissance accompagnée sans cesse de craintes et d'inquiétudes n'est qu'une jouissance empoisonnée. Fuyez, fuyez donc des lieux où vous perdriez non-seulement votre tranquillité d'esprit, mais où votre santé et votre pécule risqueraient fort d'être engloutis et engouffrés. C'est notre conviction.

L'Ermite de Lalande,

Marcel **CEREN**, *avocat.*

Dans un prochain opuscule nous traiterons de la question de la Cité ouvrière plus spécialement au double point de vue de la bourse de ses fondateurs et du budget de l'ouvrier ; ce que nous intitulerons : LA LOGIQUE INFLEXIBLE DES CHIFFRES CONFIRMÉE PAR L'ENFANTEMENT LABORIEUX DE LA CITÉ OUVRIÈRE, avec cette épigraphe :

> ... *Chacun, au bruit accourant,*
> *Crut qu'elle accoucherait sans faute*
> *D'une cité plus grosse que Paris ;*
> *Elle accoucha d'une souris.*

A bientôt la réapparition du journal :
LES PETITES AFFICHES TOULOUSAINES.

TOULOUSE, IMPRIMERIE VIGUIER, RUE DES CHAPELIERS, 13.

www.ingramcontent.com/pod-product-compliance
Lightning Source LLC
Chambersburg PA
CBHW061530170626
46811CB00004B/1907